EL DIARIO DE EMILY

ExLibric

EMMA SOFÍA FAURE CARMI

EL DIARIO DE EMILY

EXLIBRIC

ANTEQUERA 2025

EL DIARIO DE EMILY
© Emma Sofía Faure Carmi
Diseño de portada: Dpto. de Diseño Gráfico Exlibric

1ª edición

© ExLibric, 2025.

Editado por: ExLibric
c/ Cueva de Viera, 2, Local 3
Centro Negocios CADI
29200 Antequera (Málaga)
Teléfono: 952 70 60 04
Fax: 952 84 55 03
Correo electrónico: exlibric@exlibric.com
Internet: www.exlibric.com

ISBN: 979-13-87944-86-5
Depósito Legal: MA 1698-2025

Impresión: PODiPrint
Impreso en Andalucía – España

Nota de la editorial: ExLibric pertenece a Innovación y Cualificación S. L.

EMMA SOFÍA FAURE CARMI

EL DIARIO DE EMILY

Sábado

La verdad, yo no sé de qué va todo esto de escribir un diario. Nunca había escrito uno. Solo conozco a una persona que escriba un diario, y es una auténtica TONTA. Su nombre es Charlotte Winslow y va a mi clase. Por si quieren hacerse una idea, ella es la típica niñita odiosa pero popular que todo el mundo AMA y que se la pasa presumiendo. La verdad, yo opino que escribir un diario resulta patético e incluso ridículo. Pero mi madre me ofreció una gran recompensa a cambio de que escribiera en él durante un mes y no pude resistirme.

Hace dos meses se me cayó el teléfono al váter mientras jugaba en él y nunca más encendió. Ya estoy empezando a desesperarme y mi madre debe haber notado eso en mí, porque me ofreció un teléfono nuevo a cambio de que escribiera en este diario.

Yo NECESITO mi teléfono para vivir, es mi forma de comunicarme con el exterior. Pero, al parecer, mi familia no lo entiende.

Últimamente, mi madre se la pasa leyendo libros de autoayuda y sobre cómo criar adolescentes (tiene una gran pila de libros en el baño). Así que ya sé de dónde sacó la idea. Ayer me puse a ojear algunos de esos libros y, efectivamente, la mayoría decía que escribir un diario ayuda a liberar el estrés y la ansiedad en adolescentes. Aunque yo no opino igual.

Ya me están empezando a hartar sus consejos. Puede que en algunos adolescentes funcionen, pero en mí no. El otro día llenó toda la pared de mi dormitorio de post-it con frases para motivarme a hacer mis deberes y cumplir con mis responsabilidades. Pero en mi caso surtieron el efecto contrario y cada vez que las leía tenía MENOS ganas de hacer mis deberes, lavar los platos, limpiar el cuarto de baño o cualquiera de esas cosas. Y, para colmo, me llevó tres horas lograr quitarlos todos de ahí.

Domingo

Creo que mi madre ya se pasó un poco con lo de ser *fitness* y saludable. Hace un mes que leyó en un libro de autoayuda que ser saludable y hacer ejercicio todos los días es lo mejor que le podías hacer a tu cuerpo y a tu mente. Desde el día siguiente se obsesionó con eso (al igual que con los libros). Ahora va a pilates siete días a la semana. Yo no tengo ningún problema con que ella quiera hacer ejercicio y comer ensalada todo el día. Pero YO no quiero y estoy harta de las interminables caminatas y de ya no poder comer ninguna de las cosas que me gustan.

Ayer se puso a experimentar con nuevas recetas y preparó unas magdalenas de brócoli. Me gustan las magdalenas y el brócoli, pero juntos no. ¡Puaj! Imagínate esa horrible combinación y que, además, la prepare alguien que ni siquiera sabe hacer huevos revueltos. Sabían realmente mal y cuando le dijimos que no estaban tan buenos, se ofendió y nos dijo que no apreciábamos su comida. Al menos, supongo que no las volverá a preparar.

Martes

¡Yeiiiiiiiiii! (esa soy yo gritando de emoción). Al fin conseguí el nuevo libro que quería. Verán, había estado intentando ahorrar para comprarme un teléfono nuevo, para mí es MUY difícil ahorrar y mi mayor gasto son libros nuevos, porque, aunque en mi casa ya tenga una enorme pila de libros sin leer, me sigo comprando más. Aparte, ahora que mi madre me comprará un teléfono ya no tengo por qué guardar mi dinero.

Cuando era más pequeña, mi padre me compró una alcancía con forma de cerdito, muy tierna, para que aprendiera a ahorrar. Pero yo nunca le metí ni una sola moneda porque me daba pena romperla cuando se llenara, así que la dejé sobre mi mesita de noche y nunca la usé. Cuando mi padre se dio cuenta de que la alcancía estaba vacía, me preguntó la razón y yo le dije que era porque era demasiado bonita.

Al día siguiente, mi padre llegó a casa con otra alcancía, esta vez en forma de araña, y me dijo que la podría romper cuando se llenara.

Después de eso, todos los días les pedía monedas a mis padres para poner en la alcancía. Llegó un punto en que me dijeron que ya no me iban a dar más monedas y que las tendría que conseguir por mi cuenta. Ahí fue cuando tuve una idea y empecé a pedir monedas en la calle igual que los señores que veía camino a la escuela. Luego de dos semanas mi alcancía ya estaba totalmente llena, y la rompí. Cuando mis padres fueron corriendo a mi dormitorio al escuchar el estruendo, les conté que la gente de la calle me había dado muchas monedas y que ya había llenado mi alcancía.

Luego de eso nunca más me compraron una alcancía y me dieron una charla muy larga sobre por qué lo que había hecho estaba muy mal. Además, donaron todas las monedas a la caridad. Así que luego de eso aprendí la lección y sé que si vuelvo a pedir monedas en la calle no les contaré a mis padres.

Viernes

No creo que mis hermanas vuelvan a tratar de engañar a nadie por un buen tiempo. Verán, yo tengo dos hermanas pequeñas de nueve años, Lucía y María. Son gemelas idénticas y son dos de las personas más MOLESTAS que conozco. En serio, no exagero. Están todo el día buscando nuevas formas de molestarme, es su entretenimiento. Pero hay un problema: más encima, son las favoritas de mamá, así que siempre salgo perdiendo en las discusiones.

Bueno, aparte de molestarme, las gemelas también tienen otro entretenimiento: engañar a la gente. Les encanta vestirse iguales, cambiarse los collares (que dicen sus nombres) y hacerse pasar la una por la otra. Pero no siempre les sale como lo planearon.

Hoy, Lucía y María decidieron intercambiarse y gastar su bromita para ir al colegio. Todo iba de maravilla hasta que al mediodía llegó mamá al colegio porque tenía que retirar a María. Las gemelas decidieron continuar con la broma, pero después lo lamentaron porque resulta que mamá tenía que llevar a María al doctor y le terminaron poniendo dos inyecciones a la gemela equivocada.

Siempre he pensado que me gustaría ser hija única. Así, la vida sería más fácil. Tan solo paz y tranquilidad. No tendría que compartir mis cosas con nadie, ni andar aguantando las bromas pesadas de mis hermanas. Podría hacer lo que yo quisiera. Hasta he pensado en qué me gustaría hacer con el dormitorio de las gemelas si ellas no estuvieran. Cuando era pequeña, ese cuarto era mi sala de juegos. Pero cuando Lucía y María nacieron, me lo quitaron y se volvió su dormitorio. Si fuera mío, me gustaría poner una enorme biblioteca con muchos *puffs* y sillones para relajarse, que, además, tenga una máquina de algodón de azúcar y un columpio (ya sé, suena asombroso). Aunque todo esto solo es un sueño, porque esa habitación, probablemente, nunca será mía. Ya le he ofrecido a mi madre que las gemelas durmieran en el sótano y que yo me quedara con su dormitorio, pero por alguna razón no le gustó la idea.

Siempre me cuesta recordar las cosas, sencillamente mi cerebro no retiene la información, pero aun así todavía me acuerdo de los hermosos años en los que era hija única, cuando mis hermanas aún no nacían. Tengo la teoría de que mi cerebro solo almacena las cosas que son importantes y que no recuerda las cosas que me enseñan en el colegio, porque no me sirven de nada. Pero nadie opina igual.

Las gemelas nacieron cuando yo tenía cinco años y ahí fue cuando todo cambió, y para mal. Casi todas las cosas que me gustaban se terminaron. Las salidas a comer helado los domingos, mi sala de juegos, que me compraran lo que quisiera.

Todo el mundo siempre me dice que tener hermanos es la cosa más linda y que si mis hermanas no estuvieran me sentiría sola y no tendría a nadie con quien jugar. Pero de igual manera María y Lucía no me dejan jugar con ellas, y, aunque me dejaran, tampoco quiero. Siempre hacen trampa y cada vez que pierden hacen un berrinche, así que, directamente, me conviene más no jugar.

Domingo

Debí haberlo visto venir. Hoy tuve la PEOR salida madre e hija del mundo. Resulta que cuando bajé a desayunar por la mañana a eso de las nueve, mi madre estaba tomándose un café con leche, levantada y vestida (raro en ella estar despierta a esa hora) y se la veía muy emocionada. Apenas entré a la cocina, mi madre se me acercó y me dijo que tenía grandes planes para hoy y me propuso ir a comer helado. Hace semanas que no comía helado, estaba tan emocionada que llegué a saltar de la felicidad.

Pero obviamente era demasiado bueno para ser verdad.

¿Recuerdan cuando les dije que mi madre estaba obsesionada con ser saludable? Apenas llegamos a la heladería supe que algo andaba mal. La heladería se llamaba Nökto (qué nombre más raro), estaba completamente pintada de verde pastel y las paredes estaban decoradas con frutas y verduras con caritas felices. Yo nunca había oído hablar de ella, pero mi madre se veía contentísima y me dijo que una de sus compañeras de pilates se la había recomendado, así que decidí entrar.

Otra muy mala señal, TODOS los helados eran de colores verdosos y amarillentos, y tenían muy mala pinta. Según un cartel enorme que había en la entrada, estaban hechos 100 % de ingredientes naturales, sin azúcares, sin grasas, sin químicos, sin colorantes ni nada de eso.

Cuando fue nuestro turno de ordenar, el señor que nos atendía me preguntó qué sabor quería. Lo que yo realmente quería era irme de aquel lugar. Pero decidí darles una oportunidad, así que pedí que me dieran a probar uno. Escogí el único sabor que era de otro color. El señor que nos atendía me dio una cucharada de un helado rosado oscuro y lo probé. Sabía realmente mal, incluso peor que las magdalenas de brócoli. Su sabor era idéntico al de la gragea de huevo podrido de las grageas de todos los sabores. Inmediatamente, lo escupí en una servilleta. Mi madre me miró con reproche, pero yo no le hice caso, era su culpa haberme llevado a aquella horrible heladería.

Luego, sin probar ninguno, mi madre ordenó y me pidió uno doble de un helado amarillo oscuro con puntos verdes. No se veía nada bueno, así que cuando mi madre fue al baño, aproveché para tirarlo a la basura y cuando volvió intenté actuar como que me había gustado. Ella se quedó satisfecha con eso y, sin hacer más preguntas, me dejó tranquila (menos mal). Nada más terminó su helado, me ofreció ir al centro comercial, pero yo no estaba de humor, así que le dije que estaba cansada y nos volvimos.

Martes

Probablemente ya notaron que no escribo todos los días, como la gran mayoría de la gente que escribe un diario. No siempre tengo tiempo. Aunque no lo crean, mi vida es muy ocupada. Primero que todo, tengo que ir al colegio cinco días a la semana, durante ocho horas. La verdad, yo creo que eso es un error. Los niños deberían poder escoger cuándo ir al colegio y cuándo no. Además, deberíamos poder escoger qué asignaturas queremos estudiar porque de igual manera cuando seamos adultos más de la mitad de las cosas que aprendimos de pequeños no nos servirán de nada.

Prácticamente TODOS mis compañeros de clase saben qué quieren estudiar y hacer cuando sean grandes. Todos aspiran a ser grandes cosas cuando sean grandes, como doctores, ingenieros, científicos o incluso astronautas. O bueno, casi todos. Charlotte, por ejemplo, quiere ser modelo y lanzar su propia marca de ropa. Pero a mí qué me importa, jamás le compraría nada a ella.

Yo, al contrario, no tengo ni la más remota idea de qué quiero estudiar y eso me está empezando a preocupar. El próximo año en el colegio, nos harán escoger qué optativas queremos cursar y se supone que tienen que estar relacionadas con lo que queremos ser cuando grandes. Le comenté esta preocupación a mi madre, pero la verdad no me sirvió de mucho, me dijo que cuando creciera más me daría cuenta de cuál es mi propósito en la vida y que aún me quedaba mucho tiempo para pensar. Creo que llamaré a mis amigas, a ver qué opinan ellas.

¡Verdad, creo que nunca les he hablado de mis mejores amigas! Mañana les contaré, mi madre me está llamando porque la cena está lista. Aunque, según cómo huele, me parece que son lentejas. ¡Puaj!

Jueves

Debo admitir que esto de escribir un diario está empezando a ser un poco adictivo. La verdad es que me está gustando (aunque jamás lo admitiré frente a mi madre). Ya me doy cuenta de qué es lo que le ve la insoportable de Charlotte.

Antes que nada, les contaré quiénes son mis mejores amigas. Porque ayer los dejé con la intriga. Violeta, Isabella, Bianca y yo (Emily) hemos sido las mejores amigas desde primero de primaria, cuando llegué al colegio y ahora ya estamos en secundaria. Vamos a la misma clase, y no es que tengamos demasiado en común, pero nos divertimos mucho juntas. Nuestra cosa favorita es juntarnos en la casa de alguna con un montón de helado y gomitas a ver una peli o contar chisme. Literalmente, hacemos TODO juntas y hasta nos pusimos un nombre de grupo: Good Vibes. Seguro que han escuchado esa frase en algún lugar, que en español significa «buenas vibras». Aunque nosotras nos lo pusimos por otra razón. *Vibes* son todas nuestras iniciales juntas (bueno, la «s» sobra), así que aprovechamos esa frase y nos pusimos un nombre. Además, somos el escuadrón anti-Charlotte. Pero preferimos no decir ese nombre en público (por si las dudas).

Ahora más tarde nos vamos a juntar con mis amigas en casa de Isabella, dijo que nos tenía una noticia emocionante. Odio cuando dicen esas cosas, no me gustan las sorpresas, realmente, no tengo paciencia. Prefiero que directamente me lo cuenten o que no me digan que me tienen que decir algo.

Sábado

Jamás van a adivinar lo que me pasó hoy. ¡Yeiiiiiiiii! (esa soy yo gritando de la emoción). ¿Recuerdan que ayer les estaba hablando de mis tres mejores amigas, Violeta, Isabella y Bianca? Ahora viene la mejor parte: en tres semanas es el cumpleaños de Isabella y sus padres le dejaron montar una gran fiesta de piscina por primera vez. ¡Yeiiiiiiiii! (esa soy yo gritando de la emoción otra vez). Realmente va a ser la MEJOR fiesta del mundo y estoy muy emocionada. Solo que aún tengo un pequeño problema por resolver y es pedirles permiso a mis padres, a ellos no les gustan mucho ese tipo de fiestas de cumpleaños. Aunque prefiero dejar ese tema para después.

Hoy, en la junta, estuvimos en casa de Isabella planeando algunas cosas de la fiesta (aunque sus padres ya lo organizaron casi todo), pero, aun así, tenemos un MONTÓN de cosas divertidas que organizar. La temática va a ser fiesta de sirenas. Va a ir toda nuestra clase, en realidad, casi toda la generación. Pero estamos dudando si invitar a Charlotte Winslow. No invitarla causaría un gran alboroto, pero, aun así, no nos cae bien. Finalmente, de todas maneras, tiene que ser decisión de Isabella porque es su fiesta.

Aquí te dejo una lista que hicimos con mis amigas de razones por las cuales no queremos invitar a Charlotte:

1. Nos cae mal.
2. Es tonta.
3. Tendríamos que estar con los ojos vendados todo el tiempo para no ver su horrible cara y eso sería molesto.
4. Isabella tendría que recibir un regalo de ella y eso sería asqueroso.
5. Contaminaría todo con su apestoso olor. ¡Puaj!

Y así podríamos seguir un buen rato.

Lunes

Hoy tuve examen de biología y estoy 100 % segura de que suspendí; con un poco de suerte, mis padres no se enterarán y problema resuelto (al menos, hasta que les den mi boletín de calificaciones). Además, sé que es totalmente mi culpa porque no estudié y para peor, ayer no dormí NADA.

Les cuento, hace unos días salió a la venta el nuevo libro de la saga que estoy leyendo: *Fuerza de león* y, obviamente, lo tenía que leer. Ayer me lo compré y no aguantaba las ganas, así que puse una alarma a las 23:00 para irme a dormir. Tomé un paquete de papas fritas (que me compré a escondidas de mi madre, por supuesto) y me puse a leer echada en el sofá. El problema fue que me dejé el despertador (donde había puesto la alarma) en mi dormitorio y cuando sonó no lo escuché. Más tarde, cuando ya sentía que había pasado demasiado tiempo, fui a mirar el reloj de la cocina y eran las ¡3:00 a. m.! Se me había pasado la hora y TAMPOCO había estudiado para el examen. Yo ya estaba muerta de sueño, así que preferí irme a dormir.

A la mañana siguiente me levanté a las 6:00, cuando sonó la alarma del colegio, con la sensación de no haber dormido. A duras penas conseguí llegar al colegio y hasta me dormí en medio del examen. Pero valió la pena, porque el libro está BUENÍSIMO y me queda muy poco para terminarlo. Mis amigas, en cambio, sí estudiaron y les fue mucho mejor que a mí. Al menos, ellas contestaron todas las preguntas. Yo solo llegué a la mitad y me rendí.

Miércoles

Aún no he encontrado el valor ni el momento adecuado para preguntarles a mis padres lo de la fiesta. Estuve a punto de decirles hoy a la cena, pero justo Lucía derramó todo su jugo y se arruinó el momento. He pedido consejo a mis amigas, pero no me han ayudado en nada. Espero poder contarles antes de la próxima semana.

Pasando con el siguiente tema, otra vez estoy pobre. Necesito dinero y no tengo de dónde sacar (y no, esta vez no es para libros). Ya les he pedido mucho a mis padres este mes. Creo que le pediré a mi abuela, siempre está dispuesta a darme algo de dinero.

Y ustedes se preguntarán ¿para qué quiero dinero si no es para comprarme un libro? Para comprarme un traje de baño asombroso para la fiesta de Isabella, ¡por supuesto! No puedo ir con mi traje de baño de unicornio de cuando tenía diez años. El fin de semana iremos de compras con mis amigas para comprarnos trajes de baño y *outfits* para la fiesta. Pero soy la única que no tiene con qué pagar. Mis amigas se ofrecieron a prestarme dinero, pero yo sé que no me debo endeudar, porque después nunca pago de vuelta (es que no consigo el dinero suficiente).

Jueves

¡Conseguí dinero! Y ni siquiera se lo tuve que pedir a mi abuela, pero creo que habría preferido hacerlo. Resulta que ayer mis padres tenían una cena en casa de unos amigos, pero era sin niños (ya me lo esperaba). Entonces, me pidieron si podía cuidar a las gemelas mientras ellos no estuvieran a cambio de algo de dinero. ¡Yeiiiiiiiiii! Aunque cuidar de Lucía y María no es ni el trabajo más sencillo ni el más divertido, necesitaba urgente algo de dinero y esa oportunidad me venía de MARAVILLA, así que acepté de inmediato, pero lo que no sabía era que me esperaba una noche muy larga.

Todo empezó como me lo esperaba, mis padres se fueron a las 18:00 y apenas cerraron la puerta mis hermanas se abalanzaron sobre mí. Mis padres me habían dejado claro que tenía que encargarme de tres cosas para recibir mi paga:

1. Darles de comer.
2. Bañarlas.
3. Que estuvieran en la cama antes de las 20:30. (MUY importante).

Aunque, en realidad, a su edad ya son lo suficientemente grandes para hacer esas cosas, por lo que yo tan solo me tenía que encargar de vigilarlas, o eso se suponía. Primero, tenía previsto que las gemelas se bañaran. Pero ellas no estaban de acuerdo, primero querían comer. Mis padres habían dejado espaguetis con salsa de tomate para la cena (la comida favorita de Lucía y María). Los calenté en el microondas y se los serví (yo iba a comer más tarde). Las gemelas terminaron muy rápido, pero seguían con hambre. Me pidieron postre, pero no había nada de postre en la casa. Luego de registrar toda la cocina mientras ellas se quejaban, encontré dos manzanas. Se las di y me miraron con cara de asco mientras me decían que nadie se comería esa asquerosidad y que querían manzanas cortadas a cubitos con salsa de chocolate. Mis hermanas me trataban como su esclava y yo tenía muchas ganas de replicar, pero no tenía que perder de vista mi objetivo: el dinero.

Les preparé sus manzanas y se las serví con mi mejor cara de odio. Cuando terminaron les retiré los platos y dije que se había terminado la cena. Luego de eso se fueron a bañar. Dejé que Lucía y María se bañaran solas mientras yo hacía mis deberes ya que estaba enojada con ellas.

Después de media hora, me di cuenta de que todo estaba muy tranquilo, DEMASIADO tranquilo como para tratarse de las gemelas. Entonces me di cuenta de que no había escuchado ni un solo ruido desde que se habían ido a bañar. Me empecé a preocupar y decidí subir a revisar. Cuando llegué arriba no se escuchaba ningún ruido y me empecé a poner más nerviosa. Fui al baño, pero ahí no había NADIE. Revisé la bañera y estaba seca. Me habían engañado, revisé en su dormitorio y tampoco estaban ahí. En ese momento entré en pánico y no sabía qué hacer. Me puse a correr como loca por toda la casa buscando a mis hermanas, pero no estaban. Entonces hice lo que cualquier hermana responsable hubiera hecho en esa situación: llamé a mis amigas.

Bueno, tendré que seguir con la historia mañana, ya me tengo que ir, mis amigas ya han venido a buscarme y vamos a ir a nuestra heladería favorita. ¡Yeiiiiiiiiii!

Viernes

Ahora les seguiré contando mi historia, que viene la peor parte. Llamé a Violeta, Isabella y Bianca, y en diez minutos ya estaban todas acá. Yo, muy alterada, les empecé a contar toda mi historia. Cuando terminé, lo primero que me dijeron fue que mantuviera la calma. Luego me dijeron que había que salir inmediatamente a buscarlas. Esas niñas son muy escurridizas y no había tiempo que perder.

Nos dividimos por parejas y salimos a buscar. Lo primero que hice fue ir a todos sus lugares favoritos. Fui a la tienda de dulces, al parque y a los bolos, pero no estaban. Luego de eso, yo perdí la esperanza y me senté en un asiento del parque pensando cómo les contaría a mis padres que las gemelas se habían fugado y que no las había podido encontrar.

Entonces, de repente, conseguí ver dos figuras muy parecidas a Lucía y a María corriendo por la calle. Entrecerré los ojos para poder ver mejor y salí corriendo tras ellas. Por suerte, soy más rápida que mis hermanas y en menos de tres minutos las alcancé. Ellas forcejearon intentando escapar, pero yo las tenía muy bien sujetadas.

Rápidamente llegó Violeta y me ayudó también. Avisamos a las demás y nos juntamos en mi casa.

No puedo expresar con palabras el enorme ALIVIO que sentí. Pero no todo era paz y alegría. Mantuve silencio toda la caminata hasta la casa mientras llevaba a mis dos hermanas bien sujetadas por las muñecas. Apenas llegamos, las senté en el sofá y empecé a gritarles. No creo que nunca me habían visto tan enojada. Les pedí explicaciones y ellas balbuceando se pusieron a inventar excusas

—Nosotras no... Nuestra intención no era escaparnos... Tú también... Lo sentimos...

Finalmente, las envié a acostarse (aunque aún no era la hora) y les prohibí volver a salir de su dormitorio hasta la mañana siguiente. Resulta que a ellas les había parecido una bromita muy graciosa esa de escaparse de la casa mientras yo no veía. Tampoco se bañaron, pero como mis padres no se dieron cuenta no hubo problema. Mis amigas se fueron quince minutos antes de que llegaran mis padres y yo me fui a acostar; había sido una noche bien movidita. Luego, mis padres me pagaron y me agradecieron por cuidar a mis hermanas. Yo solo di las gracias por el dinero y me fui lo más rápido que pude para evitar preguntas.

Igualmente, ahora ya estoy algo más tranquila y dejé a mis hermanas bien amenazadas. Supongo que aprendieron la lección porque saben que si les llego a contar a nuestros padres estarán en GRAVES problemas. Aunque ellas crean que mi razón para no contar lo que sucedió es que me apiadé de ellas, en realidad (y esto es un secreto) es que si yo no me hubiera descuidado de esa manera por estar enojada, probablemente nada hubiera pasado, por lo que técnicamente también es mi culpa y prefiero que mis padres no sepan ese detalle.

Domingo

¡Noooooooooo! (esa soy yo gritando, pero esta vez NO de la emoción). Me acaba de pasar algo TERRIBLE y no sé cómo se lo voy a contar a mis amigas. Todo empieza hoy en la mañana, todos estábamos tranquilos, cada uno en lo suyo.

Yo estaba haciendo algunos dibujos de la ropa que me pensaba comprar en la salida de esta tarde con mis amigas mientras escuchaba música. Porque hoy iba a ser el día en el que con mis amigas compraríamos *outfits* para la fiesta, ¿recuerdan?

Bueno, resulta que después de un rato mis hermanas se despertaron y se pusieron a jugar con la Nintendo, pero yo lamentablemente no me di cuenta. Hasta que se escuchó un gran ESTRUENDO desde el piso de abajo. Me sobresalté y bajé las escaleras corriendo, tan rápido que estuve a punto de caerme rodando para abajo.

Cuando llegué a la sala de estar, casi me DESMAYO. La televisión estaba en el suelo y con la pantalla rota, y mis hermanas estaban, una sentada en el sofá y otra tirada en el suelo junto a la televisión con un mando de Nintendo en la mano.

Cuando me vieron, una sonrisa maliciosa apareció en sus caras y supe inmediatamente que no debería haber bajado. En treinta segundos, mis padres ya estaban ahí y apenas llegaron, mis hermanas se echaron a LLORAR. Me echaron la culpa de todo, contando una historia muy trágica sobre cómo yo intenté lanzarles la televisión a la cabeza mientras ellas estaban tranquilamente leyendo en el sofá. Pero ahora viene lo peor, aunque parezca IMPENSABLE, mis padres se lo creyeron (¿recuerdan que las gemelas son las favoritas de mi madre? Y ella ni siquiera se esfuerza en esconderlo).

Bueno, en pocas palabras: ahora estoy castigada un mes, no puedo salir con mis amigas y ya no me darán un teléfono nuevo. Además, tengo que conseguir el dinero para comprar una nueva televisión.

No sé cómo se lo contaré a mis amigas, ahora tan solo les diré que no podré ir a comprar ropa en la tarde. ¡Buaaa, buaaa! (esa soy yo llorando).

Martes

Hoy ha sido un día terrible. Como si no hubiera sido suficiente con lo del domingo. Hoy les conté a mis amigas la terrible noticia de que estoy castigada. Ellas también están muy tristes y enojadas por la injusticia. Especialmente Isabella, porque me voy a perder su fiesta.

Les voy a contar cómo fue mientras estoy deprimida en mi dormitorio sin saber qué hacer. A la hora de la comida nos sentamos todos en nuestra mesa de siempre. Más encima, la comida tampoco ayudó; había un potingue rarísimo que parecían ser garbanzos y que sabía muy mal. No sabía cómo empezar, así que de repente interrumpí la eterna historia de Violeta sobre el perro de su abuela y lo solté todo de un tirón: «*Novoyapoderiralafiestadeisabellaporqueestoycastigadagraciasaquemishermanasseinventaronunahistoriaridícula*».

Mis amigas no entendieron nada de lo que dije y lo tuve que repetir otra vez. Apenas terminé de contar todo, ellas empezaron a hablar alborotadamente. Estaban muy tristes y enojadas (no conmigo, sino por la injusticia de mi castigo). Agradecí todo su apoyo, pero sinceramente verlas así de mal me hacía sentir peor.

Pero de todas maneras lo mejor del día sin duda fue cuando mis amigas (que obviamente iban a encontrar algo para hacerme sentir mejor) se presentaron en mi casa por la tarde con la excusa de que teníamos un proyecto escolar súper importante que hacer. Luego de poner carita de perrito tierno y de asegurarles a mis padres que mi promedio final de biología dependía 100 % de eso, las dejaron pasar. Cuando llegamos a mi dormitorio, abrieron sus mochilas y sacaron dos botes grandes de helado y tres paquetes de gomitas. Nos echamos todas en mi cama y conversamos por horas. Cuando ya se hizo tarde, mis amigas guardaron los papeles y tarros de helado (porque eran la evidencia) en sus mochilas y se fueron asegurándose de poner cara muy seria cuando pasaron frente a mis padres mientras yo aguantaba la risa.

Jueves

Hoy les voy a contar (por fin) por qué odio a Charlotte Winslow; probablemente, después de que he dicho tantas veces lo mal que me cae, se estarán preguntando cuál es la razón por la que me cae mal. Así que prepárense porque es una historia un poco larga.

Todo empezó en primero de primaria (sí, hace un montón de tiempo) cuando llegué al colegio. Pero resulta que yo no era la única que había llegado a nuestra clase ese año y la otra persona por supuesto era Charlotte. En ese momento yo lo único que quería era hacer amigas, pero era muy tímida. Al contrario que yo, Charlotte no era para nada tímida y lo único que quería era destacar y ser la mejor. Pero ella no se lograba dar cuenta de que para destacar no era necesario andar presumiendo todo el día y andar pavoneándose por los pasillos.

Resulta que un día yo sin querer tropecé en el pasillo y la empujé. Ella se lo tomó muy mal a pesar de que yo le pedí disculpas un montón de veces y le aseguré que había sido sin querer. Luego de ese día, empezó a molestarme diariamente, empujándome por los pasillos, burlándose de mí y extendiendo rumores falsos. Después de un tiempo me harté y le dije a nuestra profesora, quien citó a sus padres a una reunión y ellos la castigaron.

Después de saber eso, los demás niños de nuestra clase ya no querían ser sus amigos y la dejaron sola. Con el paso de los años hizo amigos y se volvió popular, pero, aun así, hasta el día de hoy aprovecha de molestarme siempre que tenga oportunidad. Aunque ahora yo ya he aprendido a ignorar sus comentarios y a no preocuparme por las cosas que dice cuando yo sé que son falsas.

Sábado

Estoy empezando a desesperarme, ya solo queda una semana para la fiesta y no sé cómo hacer para que me dejen ir. Lo peor de todo es que yo no tengo la culpa de nada y mis padres no se dan cuenta de que cometieron un terrible ERROR al castigarme. Más encima, tengo que aguantar diariamente a mis hermanas sacándome burla por mi castigo, pero no puedo hacer nada porque, si no, seguro que me castigan todo el año. ¡Argh!

Ayer, cuando llegué al colegio mis amigas habían ideado un plan para que, aunque mis padres no me quitaran el castigo, aun así pudiera ir a la fiesta. Lo llamaron Plan de Escape y creo que con su nombre queda bastante claro de qué se trata.

El plan consta de tres fases.

Fase número 1: Mis amigas van a mi casa, Violeta distrae a mis padres con una de sus eternas historias mientras que Isabella y Bianca se encargan de sacarme de la casa sin ser vista. Antes de irme, me aseguro de dejar algunos cojines bajo mis mantas para que crean que estoy dormida. Una vez fuera de la casa inicia la fase dos.

Fase número 2: Nos vamos todas a la fiesta y la disfrutamos al máximo. Nos encargamos de que ninguno de los padres presentes (probablemente, muy pocos) no les diga nada a los míos. Termina la fiesta e inicia la fase tres.

Fase número 3: Luego me llevan de vuelta a mi casa y yo entro por la ventana de mi dormitorio sin hacer ruido.

Después de que mis mejores amigas me contaran del plan me pareció descabellado.

¿Cómo se supone que yo entraría por la ventana de mi dormitorio si está en el segundo piso de mi casa? Además, mis padres SÍ O SÍ se darían cuenta si yo misteriosamente desaparezco de la casa toda la tarde y mágicamente vuelvo a aparecer en mi dormitorio. Lo más probable es que cuando volviera mis padres ya habrían llamado a la policía, a los bomberos y a una ambulancia.

Realmente tengo que encontrar alguna manera de probar que yo NO destruí la televisión antes de la fiesta.

Lunes

Ahora estoy en clase de Historia con el profesor Davidson. Historia es la clase más ABURRIDA que puede existir. Especialmente, con este profesor, que se dedica a hablar y hablar toda la clase. Nunca hacemos nada más que escucharlo. Por suerte, estoy en la última fila, lo que me permite conversar, escribir en mi diario (como ahora) o incluso comer gomitas. Todas mis mejores amigas también se sientan en la última fila, pero a que no adivinan que otra persona se sienta aquí. ¡Charlotte! Y tengo la mala suerte de que, encima, se sienta justo a mi derecha. Pero, por suerte, no se está fijando en mí ahora, así que puedo escribir en paz. Yo creo que, aunque de un día para otro me crecieran una barba y un bigote, aun así, no se daría cuenta. Y luego, cuando sí lo hiciera, se burlaría y me molestaría por el resto de mi vida.

Ah, y se me había olvidado contarles, Charlotte Winslow SÍ va a ir a la fiesta de Isabella. Resulta que mis amigas decidieron hacer eso para que yo no me sintiera tan mal por no ir. Así, al menos no voy a tener que estar con esa tonta. Pero igualmente me siento muy mal porque, aunque sé que ellas lo hicieron con la mejor de sus intenciones, imagínense, mi enemiga va a ir a la fiesta de cumpleaños de mi mejor amiga y yo NO, eso sí que es deprimente.

Martes

No puedo creer que no supiera que teníamos una cámara de seguridad en casa. Bueno, lo que pasa es que hoy cuando me desperté empecé a escuchar gritos provenientes de la cocina (hoy no había clases por el día del profesor y no esperaba que estuviera nadie levantado a esa hora). Al inicio, me asusté, así que me puse mi bata a juego con mis pantuflas de conejito y bajé cargada con mi arma secreta: una zapatilla. Cuando llegué fue todo un alivio ver que los que gritaban eran mis padres, pero no tenía idea por qué. Apenas me vieron pusieron cara de pena y se empezaron a disculpar inmediatamente. Yo no entendía nada. Detrás de ellos estaban mis hermanas con los ojos rojos, como si hubieran estado llorando.

Entonces me lo explicaron todo, mis padres habían estado revisando las cámaras de seguridad para borrar algunas grabaciones que les ocupaban mucho espacio y entonces lo vieron. Era un vídeo que mostraba clarísimo como las gemelas se sentaban a jugar a la Nintendo, luego Lucía se ponía a gritarle a la televisión y más tarde las dos estaban pegándole muy enojadas con los controles. ¿Recuerdan cuando les dije que se enojaban cuando perdían? Después de eso, fue cuando llegué yo y ocurrió todo lo demás que ya saben. Ahí fue cuando entendí todo, qué alegría, por fin mis padres habían descubierto la verdad, ahora mis dos hermanas tenían mi mismo castigo y, además, tenían que limpiar el baño por todo un mes por mentir. Además, obviamente, yo ya no estoy castigada.

Ja, ja. Les está bien empleado. No es que no quiera a mis hermanas, pero después de lo que me hicieron...

Mis padres han estado todo el día intentando buscar formas para compensar lo que me habían hecho y, la verdad, no me quejo para NADA. Por ejemplo, hoy me libraron de hacer mis tareas del hogar (y eso que hoy me tocaba limpiar el baño), almorzamos mi comida favorita (albóndigas con puré de papas y de postre helado, del cual mis hermanas no comieron). Estaba todo delicioso. Por la tarde también me dejaron salir con mis mejores amigas al cine e incluso me dejaron hacer una ¡pijamada! Aunque al día siguiente hubiera clases. Entonces, mientras mis padres me decían como por la vigésima vez en el día que lo sentían antes de que yo me fuera a la pijamada, me acordé de algo y, sin planear nada, les conté sobre la fiesta de Isabella. Ellos al inicio dudaron un poco, pero para convencerlos yo les dije que con eso podían compensar todo lo que había ocurrido y aceptaron (menos mal, porque si no habría tenido que poner en marcha el Plan de Escape).

Ahora estoy escribiendo esto en casa de Bianca, todas mis amigas están ya dormidas porque es súper tarde, pero TENÍA que escribirlo pronto. Cuando mis amigas se enteraron de la noticia estaban SUPERFELICES. Se pusieron a dar saltitos de alegría y a gritar «¡Emily va a la fiesta, Emily va a la fiesta!» mientras daban vueltas a mi alrededor.

Viernes

Aún no puedo creer que mañana sea la fiesta y que yo vaya a ir. Estoy muy emocionada, no creo que vaya a poder dormir esta noche. Pero aún queda mucho por hacer, ahora son las 7:00 de la mañana. Ahora me voy a ir al colegio y por la tarde con mis amigas vamos a ir a preparar todo lo de la fiesta al lugar donde se celebrará. ¡Yeiiiiiiiii!

Ya salí del colegio y todas y cada una de las clases se me hicieron ETERNAS. Realmente, no exagero, parecía como que el tiempo avanzara aún más lento de lo normal. Pero por fin salí así que ahora nos vamos directo a la enorme piscina donde será la fiesta. Los padres de Isabella vendrán con nosotras y un amigo de sus padres que se dedica a organizar y decorar fiestas.

Cuando llegamos me sorprendí, la piscina era aún más grande de lo que imaginé, y tenía un trampolín muy alto. Además, había mucho espacio para jugar fuera de la piscina.

Nos pusimos inmediatamente a colocar todas las decoraciones de sirena y a dejar todo lo mejor posible para mañana no tener tanto trabajo. Cuando terminamos, todo estaba hermoso. Había cartelitos con colas de sirena, globos, flores, un marco para tomarse fotos, cortinas de serpentinas color morado y grandes banderines que ponían: «Feliz cumpleaños, Isabella». A la cumpleañera le encantó y con eso quedamos satisfechos porque era su fiesta. Para finalizar, nos pusimos a esparcir brillantina por todos lados. Fue superdivertido.

Cuando llegué de vuelta a mi casa, inmediatamente me puse a preparar mis cosas para mañana:

- *Outfit aesthetic* a juego con mis amigas.
- Traje de baño.
- Bloqueador.
- Lentes de sol.
- Toalla (de sirena, por supuesto).

Ya es la medianoche y aún no me puedo dormir. Lo peor de todo es que si no duermo mañana estaré muy cansada así que lo mejor será que me acueste en mi cama con los ojos cerrados hasta dormirme.

Sábado

¡Es hoy, es hoy! Milagrosamente, hoy me he levantado demasiado temprano porque estaba muy emocionada por la fiesta de Isabella, pero toda mi familia seguía durmiendo. No sabía qué hacer para matar el tiempo así que me puse a dar vueltas por la habitación. Luego de dos minutos ya me había aburrido, así que revisé (otra vez) que tuviera todo lo necesario en mi bolso.

Decidí leer un rato para distraerme, pero como no lograba concentrarme me puse a dibujar, puse mi *playlist* favorita (con auriculares, claro) y me senté en mi escritorio.

Cuando llegué a la fiesta con mis padres (las gemelas se habían quedado castigadas en casa de mi abuela), solo estaban Isabella y Bianca junto con sus padres y el hermano de Isabella. Al rato, llegaron Violeta, su hermana mayor y su padre. Luego de eso, nos pusimos a poner toda la comida y bebidas en las mesas. Cuando ya terminamos de hacer eso, los padres de Isabella fueron a su maletero y sacaron un enorme PASTEL de tres pisos decorado como si fuera el fondo del mar, con una sirena en la cima de todo y que tenía escrito «Feliz cumpleaños, Isabella» en una letra cursiva muy bonita. Todos quedamos alucinando con esa belleza.

Antes de que llegaran los invitados, mis amigas y yo decidimos darnos un chapuzón. Lanzamos algunos flotadores de sirena y nos pusimos a nadar. Ya más tarde llegaron todos los invitados, que se quedaban maravillados al entrar. Todos saludaban a Isabella y le decían lo fantástica que estaba la fiesta. Bueno, todos excepto Charlotte Winslow, cuando entró se quedó con los ojos como platos y abrió la boca (no se esperaba para nada que la fiesta fuera así de hermosa). Entonces, cuando pasó junto a Isabella la ignoró por completo y se fue a sentar con su grupito de «amigas» en la orilla de la piscina mientras hablaban con las cabezas muy juntas.

La fiesta estuvo increíble, yo diría que fue una de las mejores tardes de mi VIDA. Aquí les dejo un resumen:

1. Llegaron todos los invitados.
2. Nadamos en la piscina.
3. Hicimos competencias del mejor salto desde el trampolín.
4. Bailamos.
5. Cantamos cumpleaños con el increíble pastel de Isabella.
6. Mis amigas y yo nos sacamos un montón de fotos hermosas con nuestros *outfits* a juego.

7. Isabella abrió sus regalos (le regalaron una bici nueva).
8. Hicimos una guerra de brillantina (la mejor parte de la fiesta).
9. Charlotte Winslow estuvo todo el rato mirando con cara de envidia desde un rincón.
10. Se acabó la fiesta.

Lunes

Realmente ha sido asombroso cuando hoy, al llegar al colegio con mis amigas, todos se han acercado a nosotras para felicitarnos por la magnífica fiesta. Era lo único de lo que se hablaba en nuestra clase, además ha sido fantástico ver la cara de ENVIDIA de Charlotte Winslow al vernos. Aunque en el fondo lo sabe, no quiere admitir que la fiesta de Isabella fue mejor que la suya.

La mejor parte del día sin duda ha sido cuando estábamos tranquilamente mis amigas y yo almorzando en nuestra mesa de siempre y entonces se nos empiezan a acercar grupos de gente de diferentes partes a hablar con nosotras. ¡Realmente nos sentíamos como si fuéramos populares!

Cuando acabó el almuerzo ya seguimos nuestras clases normales y, a la salida, nos pusimos de acuerdo para hablar de todo esto en la tienda de donas de nuestro barrio. (Sí, por si se preguntaban, nos encanta comer en nuestras salidas ¡pero no es lo único que hacemos!).

La verdad, nos encantó como toda la gente se acercaba a nosotras en el colegio y como parecía que todos querían estar con nosotras, pero realmente espero que esto no dure demasiado ¡es agobiante! Especialmente para mí. Imagínate cómo se siente alguien con claustrofobia encerrada en el medio de un círculo gigante de personas.

Miércoles

¡Yeiiiiiiiiii! Esto es lo mejor que me podría haber pasado y yo hasta ya me había olvidado. ¿Recuerdan cuál sería mi premio si escribía aquí por un mes? ¡Un teléfono nuevo!

Entonces, hoy, cuando iba saliendo de la escuela me encuentro con una sorpresa no muy agradable. Mis padres habían ido a recogerme. ¡Qué vergüenza! Y para peor iban vestidos con su ropa «elegante». O sea, mi padre iba vestido con una camisa hawaiana y mi madre con un vestido color caca a juego con unos pendientes ENORMES. Yo no sabía qué pasaba y decidí ignorarlos. Hice como que no los conocía mientras caminaba muy rápido con la vista fija en el suelo. Al mismo tiempo, todos mis compañeros se reían y soltaban comentarios desagradables, pero los ignoré a ellos también. Mis amigas entendieron inmediatamente qué sucedía, por lo que formaron un círculo a mi alrededor para que mis padres no me vieran.

Luego, para hacerme pasar aún MÁS vergüenza, mis padres empezaron a gritar mi nombre. Fue horroroso. Pasaron un par de minutos, que se me hicieron ETERNOS, y mis padres me encontraron. Me puse roja como un tomate, pero intenté actuar con naturalidad. Entonces, me dijeron algo que me hizo entender por qué estaban ahí.

—Te tenemos una sorpresa, súbete al coche.

Me subí corriendo y me tapé la cara con las manos, para que fuera más difícil que la gente supiera quién era. Entonces, me llevaron a una tienda, pero no a cualquier tienda ¡A una de teléfonos! Empecé a saltar de la emoción. No me costó mucho escoger cuál quería porque lo tenía en mente desde hace un buen tiempo y mis padres me lo compraron sin dudar.

Estaba bastante claro que se sentían algo mal por haberme castigado erróneamente por lo de la televisión, además yo sí había cumplido con mi parte del trato y había escrito aquí durante un mes (y más). De todas formas, son buenos padres y se preocupan por mí (aunque a veces no me guste). Estaba tan feliz que hasta les perdoné la vergüenza en la salida del colegio y les di las gracias con un fuerte abrazo.

Además, ahora ya puedo decir que ¡¡tengo un teléfono nuevo!!

Viernes

Les tengo una buena noticia. ¡Voy a participar en un concurso de escritura! Esta semana se va a celebrar un concurso de escritura en mi colegio y yo me inscribí. Ya tengo la idea, pero para ustedes va a ser una sorpresa. Tampoco se lo contaré a mis padres hasta terminarlo, porque quiero que también sea una sorpresa para ellos.

Este fin de semana me voy a dedicar totalmente a escribir mi relato, porque hay que entregarlo terminado el martes. La verdad, después de leer tantos libros creo que seré capaz de escribir el mío propio. Y, lo mejor de todo es que el premio para el primer lugar es una tarjeta de regalo de 250 euros en libros.

¡Qué maravilla! Realmente espero ganar así que me voy a esforzar al máximo.

Domingo

Les tengo una horrible noticia y como siempre, mis padres tienen la culpa. Bueno, resulta que hoy por la mañana yo terminé de escribir mi relato para el concurso y muy contenta se lo fui a mostrar a mis padres. Les dejé mi manuscrito y me fui para que lo leyeran tranquilos.

Cuando me llamaron porque habían terminado de leer, estaban enojados y me dijeron que no me iban a dejar participar en el concurso. ¿Y saben por qué? Porque según ellos no era «apropiado» para un concurso escolar que en el final la protagonista matara a su mejor amigo y luego se suicidara. Y, peor aún, mis padres me amenazaron y me dijeron que si participaba a escondidas me iban a quitar mi teléfono. Así que ya no podré participar. ¡Grrrrr!

Al menos, aún tengo esperanzas de que una de mis mejores amigas gane. Ya leí el relato de Bianca y está muy bueno, aunque a ella no le termina de convencer. Luego les contaré qué pasa al final y si alguna de mis amigas gana. Voy a cruzar los dedos.

Martes

Luego de que le estuviera insistiendo por horas, Bianca finalmente accedió a participar en el concurso de escritura y los resultados se dicen el viernes. Ella no confía mucho, pero yo sí que creo que su relato es muy bueno. Así que estoy esperando a que sea el viernes.

Por otro lado ¡mañana es el cumpleaños de mi padre! Y se me había olvidado completamente, así que voy a tener que salir a ver si encuentro algo para regalarle. Los últimos años le he regalado tazas que ponen «Feliz cumpleaños» o «Te quiero, papá». Pero creo que este año ya no voy a poder hacer lo mismo porque el año pasado, luego de dos días de habérsela regalado, la encontré en la basura.

Creo que le haré una tarjeta y le daré un cupón canjeable por un regalo o algo así. Lo peor de todo es que (otra vez) el regalo de mis hermanas va a superar al mío. Y sí, desde hace varios años que entre nosotras hay rivalidad por quién da el mejor regalo. Pero es muy injusto porque las gemelas siempre compran el regalo con el dinero de mi madre y nada más le ponen su nombre y ya está. En cambio, yo sí que compro el regalo con mi dinero y me esfuerzo en hacer tarjetas con mis propias manos.

Miércoles

Finalmente, a mi padre le regalé lo mismo que les dije ayer: una tarjeta y un cupón canjeable por un regalo, aunque sé que nunca jamás lo canjeará. Su reacción al ver mi regalo fue idéntica a la que me esperaba, sonrió, pero no se le veía muy contento, solo me abrazó y pasó con el siguiente regalo. Lo peor de todo es que justo me tocó darle mi regalo después de Lucía y María, quienes le habían comprado un reloj de color dorado y una chaqueta de cuero (que le queda horrible, pero a él le gusta). Todo comprado con la tarjeta de mi madre. Para peor, más tarde, cuando mi padre no estaba presente, mi madre se puso a decirme que mi regalo había sido penoso y que me tenía que esforzar más la próxima vez. Luego, me dijo que, si tenía dinero para comprarme libros y helados, tenía dinero para comprarle algo a mi padre. ¡Argh!

Ya solo quedan dos días para el viernes y estoy ansiosa por saber quién ganará el concurso de escritura.

Viernes

¡Lo sabía! Bianca ha ganado el concurso y realmente les tengo que contar cómo fue. No se lo podía creer cuando dijeron su nombre. Y la otra que no se lo podía creer era Charlotte Winslow. Sin duda, creía que ella iba a ganar y cuando no ganó se quedó como si le hubieran pegado una bofetada. Yo ni siquiera sabía que había participado.

Bueno, hoy por la tarde se hizo una reunión para comunicar a los ganadores. Acudió casi toda la secundaria. Primero el director dio un discurso larguísimo sobre que todos teníamos un talento, pero que solo teníamos que descubrirlo y bla, bla, bla. Luego de su eterno discurso, pasó a comunicar los ganadores. Primero dijeron el tercer y segundo lugar, les dieron sus premios y los hicieron bajar del escenario. Entonces, finalmente el momento más esperado, y la ganadora es… ¡Bianca Navarro!

Bianca se quedó muy sorprendida, no se lo podía creer, creía que había escuchado mal. Entonces yo le di un empujoncito y subió al escenario muy feliz. Le dieron su premio (la tarjeta de regalo) y un diploma con su nombre. ¡Yeiiiiiiiiii!

El domingo iremos a canjear su tarjeta a la librería de su calle. Ahora ustedes probablemente pensarán que solo me interesa Bianca para que me compre libros y tal. Pero la verdad es que estoy muy feliz y orgullosa de ella (y no lo digo solo para que me compre libros).

Domingo

Hoy fuimos a comprar los libros que quería Bianca, el dinero le alcanzó para comprar un montón de libros y un set de cien lápices de colores que quería hace mucho tiempo. Además, me compró un libro a mí, según ella por haberla impulsado a participar en el concurso. Y a Violeta e Isabella también les compró un libro a cada una.

Eso sí, cuando llegué a mi casa me tuve que encargar de esconder el libro, no vaya a ser que mi madre lo vea. Después de su discursito del miércoles no creo que se alegraría demasiado si me viera con un libro recién comprado. Y si le dijera que Bianca me lo había comprado, me diría que soy una aprovechadora y que le tengo que pagar de vuelta o algo así. La verdad, prefiero ahorrarme los problemas.

Martes

Como hoy no ha habido clases, pasé el día en casa de mi abuela. Mis hermanas no estaban ya que estaban en la casa de una amiga suya haciendo un proyecto (bien por mí). Cuando hablo de mi abuela, todos siempre piensan que es una típica abuela que se dedica a cocinar, tejer y jugar al bingo. Pero no, en absoluto. Mi abuela es la mejor abuela del mundo.

A ella no le gusta cocinar, pero le encantan las hamburguesas con queso (igual que a mí), así que hoy pedimos *delivery* y almorzamos hamburguesas. Estaban deliciosas. A mi abuela también le gustan mucho los deportes, pero no cualquier deporte, le gusta el patinaje de velocidad y hasta compite en carreras y todo. Cada vez que voy a su casa me insiste en que me debería unir, pero yo no quiero. Además, le encanta viajar, ha visitado casi todo el mundo: Francia, Japón, China, Estados Unidos, Chile, Argentina, Egipto, Grecia, etc. Y otra cosa que le gusta un montón, aunque no lo crean, le fascinan las montañas rusas, siempre se sube a todas en los parques de atracciones (y mis padres no se suben a ninguna, porque según ellos son muy peligrosas).

Cada vez que voy a casa de mi abuela hacemos cosas divertidas como ir a un parque de atracciones, montar a caballo, ir al cine en 4DX o incluso nadar con delfines. También siempre comemos comida deliciosa (aunque nunca cocinada por ella). Además, al contrario de mi madre, las gemelas no son sus favoritas, sino que ¡soy yo! Aunque casi nunca lo demuestra.

Jueves

Siempre he querido tener una mascota, como un perro o un gato. Pero mi padre es alérgico a los perros y a mi madre no le gustan los animales. Mis hermanas (por una vez en la vida) están de acuerdo conmigo y también quieren tener una mascota, así que nos hemos pasado algunos días mostrándole a mis padres fotos de gatitos pequeños, peluditos y tiernos. Pero aún no los he convencido.

Yo creo que la principal razón por la que no nos dejan tener una mascota es por lo que pasó la última vez. Hace un año, mis hermanas tenían dos peces, Tim y Tom. Pero eran muy irresponsables y siempre se olvidaban de darles de comer, de cambiarles el agua y de limpiar su pecera. Entonces un día, uno de los peces apareció muerto por la mañana, mis hermanas lloraron mucho, pero no supieron cuál de los dos peces era, ya que no sabían distinguirlos porque eran idénticos. Entonces decidieron hacerle un funeral al pez que se había muerto, le hicieron una ceremonia, dijeron algunas palabras y lo tiraron por el váter, pero resulta que se habían equivocado y tiraron al pez que estaba vivo por el váter en vez del que estaba muerto. Cuando se enteró, mi madre se enojó y dijo que habían sido unas malas madres para los peces. Después de eso, nunca más volvimos a tener una mascota.

Aunque hoy mi padre ha dicho que, tal vez, si nos portábamos bien nos darían una mascota por Navidad, pero para eso falta un montón.

Sábado

Este diario ya está llegando a su fin, qué triste, tantos recuerdos alegres, como la fiesta de Isabella o cuando me dieron mi teléfono nuevo, y otros no tan alegres, como cuando me castigaron injustamente o cuando las gemelas se escaparon de casa.

Pero después de todo las cosas resultaron bien (menos mal) y esta historia tuvo un final feliz. Debo admitir que finalmente esto de escribir un diario me ha terminado ENCANTANDO. Así que prepárate porque este es tan solo el final de mi primer diario. Ahora que lo pienso ¿qué escribirá Charlotte Winslow en su diario? Seguro que está repleto de estupideces. Pero eso quedará para otro momento, ya que he quedado para juntarme con mis amigas en nuestra heladería favorita. ¡Yeiiiiiiiiii! Nos vemos más tarde.

Índice